지금이 좋다

백설부 시집

시음사
시사랑음악사랑

가을을 닮은 시인 백설부

백설부 시인은 감수성이 풍부한 사람 냄새가 물씬 난다. 우리가 살아가면서 경험할 수 있는 모든 것들이 시인의 눈에는 소재이고 또 시흥(詩興)을 만들어 주기에 한 편의 詩가 탄생한다. 백설부 시인의 詩는 누구나 공감할 수 있는 동질(同質)을 가지고 있다. 시인이기 전에 평범한 삶에서 나오는 시인만의 시심(詩心)이기에 독자는 백설부 시인의 작품세계를 좋아한다.

백설부 시인의 작품에는 때로는 감미롭고, 또는 흥미로움까지 더해져 깊은 사고와 철학적인 시심(詩心)을 읽을 수 있어 가을을 닮은 시인의 모습을 잘 보여 주고 있다. 내면((內面)의 변화를 주제로 한 작품세계를 그려온 詩人으로서 자기 탐구와 삶의 근원(根源)적 힘을 깨닫게 한다. 또한 관조(觀照)의 세계를 자연과 인간 세상에 순수함으로 사랑하고 삶을 더욱 깊이 이해해 나가는 시심(詩心)을 보여주려 노력하는 시인이다.

사람은 자신이 본 것만을 진실이라 내세우고 보지 못한 것은 편견을 가지고 본다. 그 편견을 대중이 이해하고 공감하며 대리만족을 할 수 있는 작품으로 이제 독자를 찾아 봇짐에 시집 한 권을 싸서 거리를 나서며 '지금이 좋다'라고 노래하고 있다. 시인으로 정식 등단하고 문학에 대한 열정과 문우와의 교류를 통해 꾸준히 활동하던 시인의 첫 시집 '지금이 좋다'를 선보인다. 이제 독자와의 만남을 시작으로 다음 작품집까지 만나보길 바라며 기쁜 마음으로 추천한다.

사단법인 창작문학예술인협의회 이사장 김락호

시인의 말

지나간 그리운 추억들과
삶의 소소한 기쁨들을
하나씩 하나씩 모아서
이렇게 아름다운 흔적으로
남길 수 있어서 다행입니다.
세상에 내어놓기엔 너무 부족하지만
사랑하는 사람들에게 조그만 선물을
전할 수 있다는 기쁨에
용기를 낼 수 있는
이 가을이 너무 행복합니다.

2018년 가을에
시인 **백설부**

제1부 / 사랑의 노래

사랑은

내가 짊어진 삶의 무게가

버거울지라도 웃으며

상대방의 짐을

함께 나눌 수 있는

넉넉한 마음이 있어야 합니다

지금이 좋다

이제는 두근거림보단
익숙한 편안함이 좋다

처음 연애할 때의
설렘은 없을지라도
함께 쌓아온 세월만큼
남들은 알 수 없는
둘만의 친근한 기류가
서로를 끈끈하게 이어주고
낯빛을 살피지 않아도
저절로 알아지는
상대방의 마음이 있기에

싫어하는 일들은
서로가 조심하면서
좋아하는 일들은
존중하고 배려해주며
살아가는 지금이 좋다

소박한 사랑

우리의 사랑은
눈부시지 않습니다

기쁠 때나 좋을 때나
언제나 곁에서 함께
웃어주는 것뿐입니다

우리의 사랑은
유난스럽지 않습니다

아플 때나 지칠 때나
말없이 기댈 어깨를
내어줄 뿐입니다

우리의 사랑은
특별하지 않습니다

슬플 땐 마음껏 울도록
손수건 하나를 건넬 뿐이고

외로울 땐 외롭지 않게
따스하게 안아줄 뿐입니다

제목 : 소박한 사랑
시낭송 : 김지원
스마트폰으로 QR 코드를 스캔하면
시낭송을 감상할 수 있습니다.

사랑 시계

아플 때나 힘들 땐
아무것도 생각이 나지 않고
당신 얼굴만 생각납니다

어디서나 금방 달려와 주는
당신이 있어서 너무 든든합니다

손끝에 실을 동동 감아서
바늘로 콕 찔러준 덕분에
거북했고 힘겨웠던 시간들이
쏙 내려간 기분입니다

어젯밤에 욕심을
너무 과하게 부려서
탈이 났나 봅니다

당신은 내게 늘
고마운 사람입니다

당신의 시계는 늘
내게 향해 있다는 그 말
어떤 사랑 고백보다 설렙니다

고백

좋은 마음은 늘
표현이 더딥니다

좋아한다고
말하지 않아도
알고 있을 것 같아서
마음속에 그냥 간직한 채
살아갈 때가 많습니다

오늘 한 번 쑥스럽지만
좋아한다고
사랑한다고
고백 해볼까 합니다

더 늦기 전에

존재의 의미

늘 그 자리에 있는
깽깽이풀 액자처럼
아주 가끔 눈길이 가지만
너무 익숙해져서
존재의 가치를 몰랐던 사람이
어느 순간 숨 같은
특별한 의미로 다가설 때
삶이 행복합니다

늘 손이 가고 마음이 가는
아끼는 책 한 권처럼
생각의 깊이가
늘 한결같을 거라고
믿었던 소중했던 사람이
어느 순간 낯설게
느껴지고 달라져 보일 때
삶이 쓸쓸합니다

들꽃을 잊듯이

총총한 저녁이면
고단한 사람들이
꾸벅꾸벅 졸고 있는
행복을 바라본다

서로의 온기를
듬성듬성 나누며
속을 훤히 다 보여줘도 괜찮은
지금의 우리가
가끔은 기적 같다

창문 밖으로 넘어가는
가을빛 한 자락을
미련 없이 보낸다
들꽃을 잊듯이

사랑이 아니어도 좋습니다

남은 여생을
당신과 함께라면
사랑이 아니어도 좋습니다

얼굴에 늘어가는 잔주름과
희끗희끗해져 가는 흰 머리를
측은한 눈빛으로 바라봐주는 것도
그리 나쁘진 않을 것 같습니다

기운이 없어 걷는 만큼
쉬어가야 할 순간이 오더라도
서로의 땀방울을 닦아주며
그렇게 늙어가는 것도
그리 나쁘진 않을 것 같습니다

앞으로 더 기력이 없어지고
누군가에게 짐이 되어야 할
순간이 오게 된다 해도
당신 곁에 내가 있으니
우리 함께 추하지 않게
흘러갔으면 좋겠습니다

제목 : 사랑이 아니어도 좋습니다
시낭송 : 박영애
스마트폰으로 QR 코드를 스캔하면
시낭송을 감상할 수 있습니다.

13

하얀 그리움

봄날엔 누군가 그리워질 때면
벚꽃 흩날리는
거리에 나서고

여름날엔 누군가 그리워질 때면
가슴을 요동치게 하는
한줄기 장대비를 기다립니다

가을날엔 누군가 그리워질 때면
책갈피 속의 노오란
은행잎을 들추게 되고

겨울날엔 누군가 그리워질 때면
첫눈 오는 날만
손꼽아 기다리게 된다

사랑은

사랑은
꽃이 가장 빛날 때
함께 해주는 것보다
꽃이 빛바래져 갈 때
변함없는 눈빛으로
바라볼 수 있어야 합니다

사랑은
내가 짊어진 삶의 무게가
버거울지라도 웃으며
상대방의 짐을
함께 나눌 수 있는
넉넉한 마음이 있어야 합니다

제목 : 사랑은
시낭송 : 김지원
스마트폰으로 QR 코드를 스캔하면
시낭송을 감상할 수 있습니다.

진정한 사랑

사랑은 당신이
원하는 것이 무언지
먼저 배려해주는 마음입니다

사랑은 당신을 위해서
기꺼이 당신의 그림자가
되어주는 것입니다

사랑은 당신을 위해서
기꺼이 나를 내려놓을 수
있어야 하는 것입니다

사랑은 당신이 원한다면
기꺼이 내사랑도 포기할 수
있어야 하는 것입니다

사랑은 나를 위한
사랑이 되어서는
진정한 사랑이 아닙니다

마음

생각보다 딱 한 발자욱
마음이 앞섭니다

언제나 생각 뒤에
안 보이게 마음을
감춰 두고 싶은데

뛰는 심장을 잠재우기엔
마음이 너무 솔직합니다

먼저 마음을 들키면
손해 보는 거라고
주문을 외워 보지만

치기 어린 생각들이
순수한 마음을
감당하진 못하나 봅니다

마음이 앞서서
마음이 다치더라도
생각들이 기꺼이
감당해야 할 몫입니다

당신 곁의 내 자리

함께 밥을 먹고
함께 잠을 자고
이런 사소한 일들이
얼마나 소중한지
떨어져 있어 보니
절실하게 다가옵니다

아침을 먹다가도
밥은 먹었을까
잠을 자다가도
지금은 잠들었을까

함께 해온 세월만큼
당신 곁의 내 자리는
너무 편안하고
너무 안락했었나 봅니다
따스한 가슴을 가진
당신 덕분에

행복한 저녁

어둠이 시나브로 찾아듭니다
텅 비었던 아파트 주차장에
하나 둘 퇴근하는 차들이
눈에 들어옵니다

사랑하는 우리 그이는
언제쯤 오시려나
목을 빼고 기다립니다

밥 끓는 냄새가 향긋하니
살아있다는 걸 감지하게 합니다

인생을 몇 바퀴 돌고 돌아오면
제자리가 가장 아름답다는 걸
깨닫게 되는가 봅니다

언제나 든든하게 내 곁에서
변함없는 눈빛으로 마음결로
함께 해줄 가족이 있어
행복한 저녁입니다

우리는 함께입니다

맑고 투명한 하늘에
시리고 서러운 마음을
곱게 풀어놓을 때도
우리는 함께입니다

갈색톤으로 물들어가는
이파리에 추억의 이름을
몰래 써놓을 때도
우리는 함께입니다

지치고 힘든
육신의 혈관에
말간 수액이 침투할 때도
우리는 함께입니다

헝클어진 머리카락이
싹둑싹둑 잘려나갈 때도
우리는 함께 입니다
이생의 마지막 그 순간에도
우리는 함께이길 바랍니다

우리의 운명

나는 당신의 찻잔
당신은 나의 찻잔 받침대
언제나 나를 든든하게
보호해 줍니다

바람에 흔들릴 때도
가만히 고요해지기만을
차분히 기다려줍니다

당신의 사랑이 있어서
고운 잔의 맑은 향기로
존재할 수가 있답니다

가끔은 화려한 받침대를
꿈꿀 때도 있지만
나를 귀히 여기면서
가장 잘 어우러지는 건
당신뿐이라는 걸
운명적으로 느낍니다

이제는

이제는 사랑보다는
의리를 지키며
살아가야 할 때입니다

이제는 나래를 펼치는 것보다는
무너지지 않고
제자리를 굳건히 지키며
살아가야 할 때입니다

이제는 떠오르는 태양을
품에 안고 살기보다는
노을빛에 물들어가는
해넘이를 바라보며
살아가야 할 때입니다

이제는 아름다운 시작보다
추하지 않을 마지막을 꿈꾸며
살아가야 할 때입니다

당신 곁에 머물고 싶어요

인적없는 들녘에
알아주는 이 없는
갈퀴나물이 되어
녹두루미처럼 그대 곁을 맴돌며
덩굴손이 되리라

산골짜기 어느 구석진
바위틈 사이에 몰래 핀
하늘색 물망초가 되어
영혼이 담긴 꽃으로
날 잊지 말아 달라고
몸으로 노래하리라

당신의 가슴 빈터에
달빛을 맞이하는
달맞이꽃이 되어
석양 무렵부터 밤새도록
당신을 그리워하며 피리라

파수꾼

그리움과 기다림을
채우고 채우면 꽃으로
활짝 피어난다

남몰래 기다리다 지쳐
몸져눕는 가슴 한켠

내 그림자를 지켜 주는
고운 햇살 파수꾼

그대 덕분에 오늘도
평상심을 지킨다

오종종한 가슴 안고
계절의 언저리에서
황금빛 미소를
건넬 수 있기를
생채기 많은 가슴
낫낫해지기를 꿈꾸어 본다

봄을 타는 남자

식탁 위에서
자신도 모르는 사이에
한숨만 내뿜고
새처럼 밥알을
콕콕 쪼아대기만 한다

멍하니 먼 산만 바라보며
하염없이 시선을
거두지 못하는 시간이
조금씩 늘어간다
봄이 제대로 오기도 전에
일찍부터 봄 타는 남자

산수유가 피고 질 때면
조금 나아지려나
벚꽃이 눈처럼 흩날릴 때면
잃었던 미소를 찾을 수 있으려나
지켜보는 여자도
봄은 무지 아프다

아침햇살

산등성이에 진분홍빛
복숭아꽃 무더기들
아침햇살을 받으며
눈을 부비부비

이팝나무 가로수엔
싱그러운 잎들이
초록초록 싱그럽다

새로운 날엔 누구나
새 꿈을 펼치게 된다

하루라는 시간은
신이 주신
놀라운 선물

매일 마주하지만
매일 새롭다

그늘 속에 있어도
누구나 햇살을 꿈꾼다

깽깽이풀

가늘고 긴 꽃대에
올망졸망 환상적이고
화사하게도 꽃 피운
보랏빛 깽깽이풀

볼품없고 서민적인
이름을 가졌지만
안심하세요 라는
희망적인 꽃말과 함께
따뜻한 숲 언저리에서
어느 사진작가의 눈빛에
햇살처럼 곱게 담겨서
근사한 하나의 작품이 되고
이렇게 선물로 나에게로 왔던가

매일 아침 눈을 뜨면
널 바라보는 기쁨으로
하루가 빛난다

정오의 볕살

풀각시 상크름한
볕살이 꾸물꾸물
창틈으로 슬며시
비집고 들어와
빨래걸이에 널어둔
겨울이불 위에 앉아
환하게 웃는다

그 미소가 너무 이뻐서
바라보는 것만으로도
베란다가 환해지는
느낌이 좋다

향기로운 삶의
따스한 파동 소리에
아무것도 하지 않아도
특별한 사람이 된듯한
착각에 빠져드는 정오가
이유 없이 눈부시다

믿음이라는 바탕

사람이든 사랑이든
첫 느낌이 중요합니다

하루 스쳐 갈 인연이든
오래 함께할 인연이든
좋은 느낌을 주는
사람을 만난다는 건
매우 유쾌한 일입니다

시간이 흘러봐야 압니다
진실한 사람인지는
진정한 사랑인지는

처음에는 누구나
좋은 느낌을 주려고
좋은 포장을 하게
되는가 봅니다

사람과 사람 사이에
제일 중요한 건 신뢰가
아닐까 합니다

서로 믿음이라는
바탕을 깔고 함께하는 동안
서로가 쌓아가야 할 일입니다

누군가와 함께

누군가를 위해
따뜻한 밥을 준비하는
순간은 아름답습니다

누군가와 함께
마주 보며 식사를 하는
시간은 소중합니다

누군가와 함께
식사 후에 마시는
커피 한잔은 향긋합니다

누군가와 함께
공감하며 듣는 음악은
지친 영혼에 평화를 줍니다

누군가와 함께
잠들고 깨어날 수 있는
포근한 공간은 안식을 줍니다

무의식 중에

함부로 홀대할 수 있는
사람은 아무도 없다

너무 편하다는 이유로
너무 좋아한다는 이유로
무의식 중에 우리는
무심한 행동을 할 때가 있다

편한 사이라도
지킬 것은 지켜야 한다

오래도록 편한 사이로
지내고 싶다면
소중한 사람일수록
소중히 생각해야 한다

영원히 소중한 사람으로
남고 싶다면

매일매일

매일매일 만나는
맑고 화사한 아침 햇살은
밝게 살라 한다

시나브로 방안 가득
찾아와 인사하는
그 따스함이 너무 좋다

보이지 않는 어떤 기운이
행복으로 전이 되는 듯한
설레이게 하는 기분이 좋다

누구한테나 어느 곳에나
공평하게 나누어 주는
신비로운 자연의 섭리에
배려와 여유를 배운다

매일매일 다시
태어나는 느낌은
나를 거듭나게 한다

햇살

가만히 가만히
다가서는 따스함은
삶의 온기입니다
행복의 소리입니다

몸부림치며 잡으려 애쓸 땐
허공만 맴돌더니
모든 것에서 자유로울 땐
이렇게 가까이에서
잡으려 하지 않아도
그리 애쓰지 않아도
내 것이라고 나에게
가슴 깊숙이 다정한 느낌표로
감동으로 스며듭니다

지금의 오늘이 있어
내일도 빛나리라 믿어봅니다

당신에게서

출근길에 10분 빨리 내려가
차를 따뜻하게 해놓는
당신에게서 사랑하는 법을 배웁니다

퇴근길엔 미리 와서 기다려주는
당신에게서 사랑받는 법을 배웁니다

나이든 어르신들을
진심으로 따스하게 대하는
당신에게서 예의를 배웁니다

본인이 힘들면서도
남들이 힘들까 배려하는
당신에게서 살아가는 법을 배웁니다

제 2부 / 계절의 향기

가을은 햇살을
품으라 합니다

그늘지고 마음이
병들어가는 사람들에게
따스하고 포근한
햇살 같은 마음 하나
건네라고 합니다

들꽃

기약 없는 기다림에
평생을 걸어야 할지도
모를 일이지만
바람결에 전해지는
당신의 낮은 숨결이라도
감사하며 살겠습니다

험난한 오르막길을 오르다
잠시 쉬어가는 길에
숨 고르며 건네주는
길지 않은 시선이라도
감사하며 살겠습니다

유난히 빛나진 않지만
누군가는 소박한 자리를
말없이 지켜야 한다면
감사하며 살겠습니다

꽃은

꽃은 바라보는 사람마저도
꽃이 되게 한다

애써 꾸미지 않아도
그대로의 모습만으로도
누구에게나 미소 짓게 하는
사랑스러운 꽃처럼
그런 행복을 전하는
고운 사람이 되고 싶어진다

꽃은 외로운 사람에겐
은은한 향기가 되어
잔잔히 다가선다

그 순간엔 스스로도
향내 나는 사람이라는
기분 좋은 착각에 빠져들면서

산수유

송이송이 노오란
황홀한 꽃빛에
현기증이 난다

남몰래 일렁여
꽃잎의 날개를 달고
가슴 가슴마다 첫 마음으로
이쁘게 물든다

셔터에 설레는 기억
고이고이 담아
달큼한 향내 가둬두고 싶다

봄꿈

바람이 물고 온
투명한 봄빛에
휘청거리는 가슴은
봄꿈을 터트리고

나이테로 버무린
세월의 끝동엔
연둣빛 그리움 하나
고슬고슬 뜸 들인다

봄이 오는 날에는
고요한 봄 그림자가 되리라

눈꽃

흰눈이 하얗게 내리는 날은
세상에 존재하는 모든 것은
꽃으로 다시 피어난다

늘 누군가를
빛나게 해주던
그림자 같던 나무들도
아무도 거들떠보지 않던
소박한 들풀들도

삶의 상념과 애환으로
그득한 사람들의 마음에도
신의 축복이 임하셔서
모두가 천사가 된다

진눈깨비

서로가 서로에게
함께하는 일이
고통이 된다 하더라도
우리는 사랑하기에
손잡고 걸어갑니다

길지 않은 사랑이겠지만
짧다고 아쉬워하거나
원망하지는 않겠습니다

마지막 순간까지
함께할 수 있음이
얼마나 큰 행복인지를 알기에
감사하며 함께하고자 합니다

당신이 나이고
내가 당신이기에

첫눈 올 것 같은 날

첫눈이라도 올 것 같은
부시시한 날에
깨끗한 마음 하나
하늘에 써본다

이런 날엔 누구라도
꾸밈없는 아이 같은
설레임을 갖게 된다

첫눈처럼 그리운 사람이
문득 찾아올 것 같은
기분 좋은 느낌에
핑크빛 루즈라도 곱게
바르고 싶어지고

지갑 안에 꽁꽁 숨겨둔
사진 하나 들춰보면서
잊고 살았던 고운 흔적
더듬어 보게도 만든다

가을 그 쓸쓸함

10월 해거름의 쓸쓸함처럼
마음도 갈바람 되어 흐르면
소홀했던 하루라도
마음의 그늘마저
아픔을 아픔답게
말간 얼굴로
마주해도 좋을
절름발이 가을이
아찔하게 스미고

바람이 더듬는 시간이
시린 가슴에 묻히면
조급한 마음 한 조각
약속처럼 으스러진다

처연한 추억으로
상실의 늪으로

가을은

가을은 햇살을
품으라 합니다

그늘지고 마음이
병들어가는 사람들에게
따스하고 포근한
햇살 같은 마음 하나
건네라고 합니다

가을은 바람을
품으라 합니다

지치고 고된
힘겨운 영혼들에게
잠시라도 쉬어갈 수 있도록
흘린 땀방울이라도
정성스레 닦아주라고 합니다

가을은 세상을
품으라 합니다

베푸는 사랑이
받는 사랑보다 더
고귀하고 위대하다는 걸
깨닫게 합니다

로망스를 노래하리라

초침이 하품하며
게으르게 돌아가고
낡은 허물 위로
바스러지는 전설을 본다

잊고 있던 감각들이
꽃을 피우고
섬과 섬들이
만나게 되는
가슴으로 만나야 되는
호젓한 계절엔

풀벌레 같은 목소리로
갈빛 잎사귀에 앉아
목이 쉬도록
로망스를 노래하리라

구절초의 마음

잠이 덜 깬
눈 밑 틈새
외로움처럼 스며드는
서늘한 바람 한자락에
남루한 내 그림자가
살며시 기대어 본다

차가운 심장으로
상처처럼 떨어지는
부드럽고 여린 물체에
곰삭혔던 그리움이

순수하고 영원한
구절초의 마음으로
애틋하게 피어난다

어리연꽃

일국사의 풍경소리
고요히 바람에 어리고
양지바른 곳에서
곱게 숨 쉬는
수면 위의 청순한
하얀 요정
그대 이름은
어리연꽃

향 맑은 꽃잎에
사랑비가 내리면
꽃잎 주변의
촘촘한 섬모들도
한가롭게 노닌다

진흙탕 속에서도
더러운 물에 물들지 않고
깨끗한 영혼으로 피어나니
탄생 그 자체만으로도
아름다운 향기가 되고
깨달음이 된다

여름향기

채송화가 돌담 밑에서
올망졸망 누굴 기다리며
곱게 피었을까

마당 안까지 개망초가
마실 왔다 가고
정오의 햇살 안고
오수를 즐기는
달맞이꽃의 늘어진
끄덕임이 정겹다

보도블록 위를
정겨운 비둘기 한 쌍이
쫑쫑거리며 거닐고
쑥대머리 축축
늘어뜨리고 알알이
영글어가는 옥수수가
뙤약볕에도 우쭐하다

담장 밖으로
임 그리는 맘
마지막까지 영원한
능소화가 애닯다

겸손의 기적

그리움으로 계단을
하나씩 하나씩 만들면
정녕 당신에게 이를까요

땅이 꺼져라
한숨으로 지샌 밤엔
별 하나 없는
밤하늘에 별이 됩니다
망각이란 얼마나 달콤한가

목마름으로도
이렇게 이쁜
글라디올러스를 피우는
겸손의 기적이여
친근한 계절이여

오늘의 풍경

빗소리가 나른한 여름 위를
하이힐을 신고 걸으며
보도블록 위를
이쁘게 똑똑 거리더니
맨발로 잔디 위에
시원하게 누워버린다

비에 젖어가는 세상은
삭막해져 가는 가슴들도
기쁨으로 촉촉하게 하고
말없이 서 있던
배롱나무도 환한 모습으로
하늘을 품는다

선풍기 날개가
돌지 않아도
오늘의 풍경은 시원스럽다

하얀 개망초

철로변에 핀
순한 눈빛의
하얀 개망초가
마음을 흔든다

슬픈 이름을
운명처럼 달고는
한을 가슴에
품고 피어났는가

가까이 다가오는 이들도
멀리서 바라보는 이들도
사랑한다고 말하고
행복을 전해주건만

꽃부리에 스며드는
우수는 어찌 하오리

4월의 노래

대추나무에도 연둣빛
새순이 쑤욱쑥
키재기를 한다

빈터에선 괭이풀이
집 잃어버린 미아처럼
노란 슬픈 눈을
말갛게 뜨고 있고

길가엔 광대나물이
하회탈을 닮은
소탈하고 수수한
분홍빛 미소를
세상을 향해 던진다

순이네 담벼락에선
앙증맞은 패랭이꽃이
수줍은 듯 몰래 숨 쉰다

봄의 숨결

흐린 하늘이
두 팔을 벌려
세상을 포용한다

사과꽃 향기가
과수원 울타리를
자유로이 넘나들고

무질서하게 퍼져나가는
파르라니 풀꽃들의
생기발랄함이 좋다

양지바른 길섶에서
다소곳이 인사하는
봄까치꽃이 신비롭고

냇가에 보송보송하고
귀여운 털을 보여주는
갯버들의 한들거림이
봄의 숨결을 전해준다

봄바람

봄바람이 나를 흔들듯
나도 봄바람을
흔들 수 있으리라
믿고 싶었다

노을빛에 물드는
거리에서 이유 없이
부끄러운 생각들이
나를 슬프게 한다

복사꽃 정겨운 향기를
정수리에 가득 묻혀서
터덜터덜 집으로
돌아가면 집안에도
봄향기로 그득하려나

이슬비

이슬비가 온 듯 만 듯
새색시 버선코마냥
살포시 내렸다

텃밭에 햇파가
고개를 쑥쑥 내밀고
보리밭엔 연초록
싹트임 소리 들린다

논둑 밭둑에도
키 작은 풀들이
풀풀 머리를 흔들고
벚나무 가지 가지마다
연둣빛 물오르는 소리가 기운차다

동해 바다

무작정 바다가 그리워
찾아간 동해 바다는
따스하고 평화로웠다

갈매기떼들이 한 곳에
모여 앉아 오수를 즐기고
청둥오리들은 사냥을
즐기느라 여념이 없다

잘 말린 과메기들과
피데기들은 팔려 나가기만을
기다리고 있다

너울너울 춤추는
쪽빛 물결의 여유로움과
고요하고 맑은 겨울 하늘에
조그만 희망을 안고
천천히 돌아가는
풍력발전소의 풍차들도
이국적이고 아름다웠다

겨울비

겹질린 발로
물빛 꽃신을 신고

은백의 일몰을
비올라로 연주한다면

영혼까지 스미는
겨울비가 오려나

웃자란 허상의
그림자가 현실까지
침범해 오더라도

그리운 기억 하나만으로도
비 빛에 감사의 시를 쓰리라

낙엽 하나

바닥에 뒹구는
낙엽 하나
발끝에 머문다

어디에서 여기까지
바람 타고 찾아온 건지
금방이라도 바스락하고
비명을 지를 것 같아
가슴 언저리가 시려온다

갈바람에 힘없이
후두둑 거리며
저버리는 잎새마다
휑한 자리만이
쓸쓸히 남는다

앉았던 자리는
그 무게만큼의 그리움만
여울져 남게 되는가

내 뜰의 봄빛

내 뜰로 찾아드는
봄빛은 특별함보다
진솔해서 좋다

내 뜰로 찾아드는
봄빛은 화려함보다
소박해서 좋다

같이 어우러져도
어색하지 않고
언제나 함께
해왔던 듯한
편안함이 좋고
익숙함이 좋다

긴장을 풀고
일상의 지친
무거운 짐을
잠시 내려놓고
편안히 쉰다

꽃 같은 기억

바람이 꽃을 더듬고
꽃 같은 기억이
가을의 깃속으로
먼 터널을 걸어와
티 없는 맑음으로
꽃잎 잎마다 들어차 있다

차마 열어볼 수 없는
마음의 짐 하나
얼마나 세월이 흘러야
펼쳐볼 수 있을까

바라볼 수 있는 것만도
가슴에 불을 지피는 일이라는 걸
왜 몰랐을까

가을물 완연하게 들 때쯤
살아있음이 가슴 베이는
아픔일지라도 사랑하리라

가을비

가을비는 그리운 사람의
뒷모습을 닮았습니다

아련해서 하염없이
바라보게 만드는
마력을 가졌습니다

혹여 뒤돌아 보려나 하는
바람으로 시선을
거둘 수가 없습니다

가을비는 외로운 남자의
눈물을 닮았습니다

바라만 보아도
너무 서늘해서
가슴 무너지는
쓸쓸함이 느껴집니다

혹여 내 눈빛으로
덜 외로우려나
덜 쓸쓸하려나 하는
바람으로 시선을
거둘 수가 없습니다

계절의 창가

향 맑은 차 한잔
음미하노라면
숨결 고운 여인이 된다

여름 끝자락에 젖어
마음이 고조곤히 한가롭다

바람결로 전해져 오는
반가운 향기에
사무치는 그리움이
가슴에 어려
꽃잎을 흔들고
추억을 흔든다

계절의 창가에서
상한 마음 하나
만지작 거린다

맘껏 고와라

비 그친 어둠은
맑고 투명하다

여린 풀꽃의 고움이
축복처럼 하늘거린다

맘껏 고와라
서걱이기 전까지
물빛 드리움으로
웃자란 초록 잎사귀들이
찬바람에 서 있다.

스치는 연분홍 눈빛 하나
혹여 만날까
그 자리에서 온 마음으로
기약 없는 끌림을 꿈꾼다.

분꽃 향

그리움에 사무쳐서
발길이 닿는 대로
그냥 둡니다

그대가 그리워서
그대가 보고파서
늦은 줄 알면서도
더 늦기 전에 봐야겠다는
절실한 마음 하나로 찾아갑니다

환하게 미소 짓는 당신에게선
익숙한 분꽃 향이 납니다

어머니에게서 나던
그리운 향기입니다

눈을 감으면 외로움이
물씬 풍겨져 오던
추억의 향기입니다

어머니가 그리울 때면
분꽃 향이 그리울 때면
발길이 당신에게로
자연스레 향한다 해도
어찌할 수가
없을 것 같습니다

간절하게 절실하게

마지막 마음이
첫 마음과 같은
빛깔일 수 있다면
얼마나 좋을까

부서지는 눈부신
아침햇살을 받으며
내 인생의 맞는
마지막 아침이라면

얼마나 시리게
눈물 나게 아름다울까
일분일초가
얼마나 간절할까

바람을 타고 고운 향기로
다가와 시시때때로
세포 하나하나를
흔들어놓는 가을이
마지막 가을이라면
얼마나 절실할까

매일매일을 이런
간절함으로 절실함으로
살아가고 싶다

두루 평화롭기를

유리창을 통해
우리가 원하는 만큼
안겨다 주는 가을 햇살이
익숙한 듯 낯익다

때로는 떠날 때
아름답게 떠나줌으로
두루 평화롭기를
바라는 마음이
선물이 된다는 걸

겸손함이 단단한
바위도 깰 수 있다는 걸

바람이 꽃을 더듬듯
존재만으로 기쁨이라는 걸
가을을 통해 배운다

주흘산 풍경

주흘산 속 평상에 앉아
신선놀음한다

하늘에는 뭉게구름이
뭉글뭉글 그림처럼 떠 있고
애기단풍 위로
철 지난 말매미가
갈 곳을 몰라 슬피 운다

시냇물 속에는 피래미 떼들이
자유롭게 노닐고
억새풀에는 풀벌레들이
오르락내리락 여유롭다

올레길에는 배낭 짊어진 연인들이
정겹게 손을 잡고 거닌다

산속에는 산을 사랑하는
사람들로 즐비하다

계곡에는 소란스러운 분위기엔
아랑곳하지 않고 유유히 흐르는
물소리가 있어서 아늑하다

틀 밖으로

마음이 튄다
손바닥 안에서
소롯이 틀 밖으로

비탈 한 뼘
정적의 끝

많이 흔들릴수록
옳은 길이 된다면
이끄시는 대로
뒤꿈치 들고 따라가리라

칼바람 속에서
호흡할지라도
겨울의 넋은 따스하리라

색색의 설렘

3월이 하나의
전설이 되어
노란 꽃비로
모서리에 떨어진다

이별은 또 다른
감동의 언어로
눈부시게 태어나는가

4월이여
그대의 다정한 향기는
내 삶을 얼마나
흔들어 놓을지

색색의 보드라운 설렘이
달큰해지기를 기대한다

제 3부 / 소소한 기쁨

쪽그리고 앉아

2월의 햇살을 쪼이노라면

마음이 햇살을 담아

누군가에게 맑음을

전하고 싶어진다

살아있음은 그 자체만으로도

이렇게 눈부신 것을

습기 찬 유리창

세상을 습기가
스멀스멀 침범해 버리면
언제나 투명한 척
남의 마음만 들여다봐야 하는
자신의 처지가 서러워
유리창도 함께 운다

오늘만큼은 자신을 위해서
살 수 있어서 다행이라고
스스로를 위로하며
안도의 한숨을
뿌옇게 토해낸다

살아가는 일은
말없이 지켜봐 주는 것이라고

회심의 미소

살아가는 일이
죽을 만큼 힘들다가도
잘 지내니 하는
평범한 안부
문자 하나에
또다시 살아진다

이유 없이 다리 풀려
땅마저 울렁거려 보일 때도
걱정이 스며 있는
여러 통의 부재중 전화를
뒤늦게 확인하면서
또다시 힘을 내본다

이제는 내 삶이
나만의 것이 아님을
새삼 감사하면서
회심의 미소를
허공에 던진다

휴식

사금파리 같은 하루가
버슬버슬 허물어진다

달콤한 시간은
언제나 짧다

생각 바구니에
발효된 권태와
감사의 디딤돌 하나
송송 담는다

기억을 걷는 시간은
언제나 숨결을
나누는 일이다

물을 주는 날

행복나무에 물을 주는 날은
행복이 찰랑찰랑
악수를 건네고

소나무에 물을 주는 날은
늘 푸름이 솔솔
가슴을 흔듭니다

조그맣고 소박한
호야에 물을 주는 날은
고독한 사랑의 결실을 꿈꾸게 되고

햇살 좋은 곳에 자리를 잡은
난에 물을 주는 날은
마음이 정갈해지는 느낌입니다

금전수에 물을 주는
한 달에 한 번쯤은
욕심도 부려봅니다

선물

햇살 좋은 어느 늦가을에
고운 시집 한 권을 선물 받았다
생각지도 않은 사람에게서
받은 선물이라 가슴이 벅찼다
그녀의 세심하고 자상함이
따스하게 전해져 온다

시집을 가슴에 꼭 안고
천천히 천천히 집으로 돌아간다

시집 속의 한 편의 시가 되어
시집 속의 하나의 삽화가 되어
어떤 시는 그리움으로
어떤 시는 부러움으로
가슴에 물보라를 일으킨다

나는 언제쯤 이렇게 절절한
시를 쓸 수 있을까

뚝배기

착한 가격
소박한 맛
서민적인 분위기

얼큰한 뚝배기
한 그릇에
허기를 달랜다

식당 이모의 넉넉한 미소가
투박하지만 구수한
뚝배기를 닮았다

옆 테이블의 소란스러움도
여기서 만큼은
정겹게 느껴진다

평범한 삶을 살아가는
진솔한 향기가
참 따스한 곳이다

캐리커처

푸른 하늘의 끝닿은 맑음과
초록빛 고움들이
9월의 이름으로
내 삶에 티 없이
맘껏 스며들 때

좋은 생각들로
맑게 순화시켜서
내가 꾸는 꿈들이
현실이 될 수 있다면
가을을 훔쳐서라도
실컷 앓고 싶다

짧은 순간 느낌으로
그려진 표정들에서
우리의 인생을 본다
이렇게 닮아가고 있구나

빨간 우체통

조그맣고 귀여운
빨간 우체통 안에는
어떤 반가운 소식이
주인을 기다리는 걸까

손때 묻은 손편지라도
그리운 벗에게
동글동글한 나만의
어눌한 글씨체로
봄의 향기 곱게 묻혀서
보내고 싶어진다

답장을 기다리며
매일매일 우체통을
기다림으로 가득
물들인다고 해도 좋겠다

살아가면서 소중하고
아름다운 흔적들을
자꾸만 지워가며
살고 있는 건 아닐까

하루

하루 허리가
힘없이 휘어지면서
길 위의 여정을
묵묵히 접는다

푸른 청솔가지를
흔들어대던 바람도
고요 속으로
잠들어 버리고

청청한 오늘을
꿈꾸던 소망도
너풀너풀 영혼을
저울질한다

하루는 그렇게
마지막 술잔을
어둠 속에 드리운다

애착

물건이나 사람이나
얻을 때만큼이나
버릴 때도 쉽지가 않다

버릴만해서 버리는 것이라도
기쁨을 주었던 순간들이 떠올라
쉽게 버릴 수가 없어서
다시 넣어두었다가
다시 꺼내놓았다가를
여러 번 반복해서야
결국 버리게 된다

처음 샀을 때의 기쁨과
함께 행복했던 순간까지
버리게 되는 것이기에

햇살이 좋다

햇살이 좋다
하늘이 좋다

생을 찬미하는
결 고운 새소리가
봄을 준비하는
나목들 가지 사이로
곱게 울려 퍼진다

쭈그리고 앉아
2월의 햇살을 쪼이노라면
마음이 햇살을 담아
누군가에게 맑음을
전하고 싶어진다

살아있음은 그 자체만으로도
이렇게 눈부신 것을

친애하는 벗들

눈만 뜨면
나와 함께 하는 것들
평생을 나에게 충실할
친애하는 벗들

때론 곱고
때론 시린
음악 한자락

가끔은 향으로
가끔은 멋으로
인생을 달달하게 해주는
나의 연인 꿀커피

매일 하나씩 하나씩
내 마음의 뜨락에
늘어가는 나의 분신들

어느 때는 부끄럽다가
어느 때는 자랑스럽다가
그렇게 그렇게 내 인생은
어느 순간 빛났다가
어느 순간 저버리겠지

일회용 커피 한잔

김이 모락모락 나는
소박한 일회용
커피 한잔이
너무 좋습니다

언제 어디서나
부담스럽지 않은
편한 친구 같은
느낌으로 다가옵니다

따스한 종이컵 하나로
차가운 손도
시린 가슴도
따스하게 데워줄 수 있다는
사실이 놀랍습니다

생강차의 향기

울퉁불퉁한 껍질을
싹싹 긁으니
뽀오얗고 통통한
살갗이 이쁘다

여기저기 고집스러움이
툭툭 튀어져 나와도
결국은 굵은 덩이줄기로
한 몸인 것을

기관지가 약한 동생을 위해
이맘때면 잊지 않고
생강차를 정성껏 끓여서
챙겨주곤 하던 직장 언니의
따스한 마음과 매콤하면서
향긋한 생강차의 향기가
늦가을의 추억으로 온다

이쁜 집

이쁜 집에 대한
로망이 있다

이쁜 발코니에서
밖을 내다보면
동화 속의 멋진 왕자님을
만날 것 같은 설레는
환상도 있었고

정원에서 꽃향기를 맡으며
마시는 차 한잔은
우아하고 그윽할 것 같았다

지금도 다니다가
이쁜 집을 만나게 되면
습관처럼 눈길이 가고
저런 집에 사는 사람은
어떤 사람일까 궁금해진다

꿈은 이루지 못하면
영원히 꿈으로 남는가

땅콩 사랑

얼마나 사랑했으면
한마음 한 몸이 되어
사랑의 따리를
하나의 꼬투리에
다정하게도 틀었을까

하늘이 땅이
갈라놓을까 봐
땅속에서 몰래몰래
사랑을 꽃피웠다

톨톨한 그물 모양의
황백색 꼬투리를 열면
빨간 땅콩 두 개가
나란히 나란히
껍질을 벗기니
하얀 속살이
먹기 좋게
좌악 갈라진다

입안에 쏘옥 넣어
씹으면 씹을수록
번지는 고소함에
자꾸만 땅콩에게
손이 간다
마음이 간다

호떡

따끈따끈하고 말랑말랑한
얼굴만 한 호떡을 기분 좋게
한 입 베어 문다

꿀이 주르르
혀 속으로 다이빙을 하고
한 개 먹고 나니 포만감으로
아무런 걱정이 없어지고

마음도 인생도
달달해진 느낌이
나쁘지 않다

이벤트 당첨

허무에 들뜬 가슴은
허공만을 바라보게 하는가

부질없는 상념들은
밝음의 중심으로 이끈다

또 일상을 치열하게
살아야 하는구나

모닝커피 잔에
부서지는 가을향기에
마음이 하늘하늘해진다

이벤트 응모에
당첨되었다며
커다란 밥통을 안고 들어서는
옆지기의 세상없는 미소가
덩달아 행복하게 한다

조약돌 하나

아무리 둘러봐도
모난 구석은 찾을래야
찾을 수가 없는
조약돌 하나

파도에 바닷바람에
얼마나 쓸리고 쓸렸으면
이렇게 매끄럽고
둥그러졌을까

세상 풍파에 이리저리
내 뜻과 무관하게
흔들리고 찌들리고
수없이 휩쓸렸건만

여전히 내 맘은
뾰족하게 각이져 있다

얼마나 아파야
원만해지려나

한 톨의 희망

결 고운 새소리가
잠을 깨우고
좋은 일만 가득하라는
벗의 고운 문자가
아침을 기분 좋게
시작하게 만듭니다

감사로 시작되는 하루는
감사로 끝나게 되기를
좋은 인연은 또 다른
좋은 인연으로
연결 되어지기를

나 때문에 누군가
한 톨의 희망을 다시 품고
살아가게 된다면
그것이 나에게도
행복일 것 같습니다

매일매일

매일매일 만나는
맑고 화사한 아침 햇살은
밝게 살라 한다

시나브로 방안 가득
찾아와 인사하는
따스함이 너무 좋다

보이지 않는 어떤 기운이
행복으로 전이 되는 듯한
설레이게 하는 기분이 좋다

누구한테나 어느 곳에나
공평하게 나누어 주는
신비로운 자연의 섭리에
배려와 여유를 배운다

매일매일 다시
태어나는 느낌은
나를 거듭나게 한다

빨래를 접으며

햇볕에 뽀송뽀송
잘 마른 빨래를 접으면
샤프란향이 솔솔
기분이 좋아진다

헝클어진 마음까지
가지런히 정리되는
느낌이 좋다

양말은 같은 짝을
찾아서 접으며
잃어버린 사랑을
찾아 주는 것 같은
어이없는 상상도 하는
일상이 좋다

세상의 소리

세상의 소리는
수런수런하다

아래층 아주머니의
신랑 흉보는 소리에도
귀를 쫑긋 새워서
기웃거려도 보고

리우 올림픽의
영광된 얼굴들을
연일 수놓는
바보 상자에도
기웃거려 본다

마지막 작별의
입맞춤까지 뜨거운
여름의 소리는
지치게 만들고

겸손히 다가서는
가을의 소리엔
발목이 저려온다

뽀샤시한 행주

뽀샤시한 행주가
칙칙한 걸레를
도도하게 시선을
내리깔며 비웃는다

걸레는 아랑곳하지 않고
구석구석 먼지를
깨끗이 닦아낸다

내가 지나가는 곳마다
반짝반짝 광이 나는데
얼마나 보람찬 일인가

그대도 남루해지면
내 꼴이 될 터인데

한 치 앞도 못 보고
잘난 척을 하는구나

뽐낼 수 있을 때
맘껏 뽐내시게나

옥수수 여인

긴 노랑머리의
옥수수 여인이

머리를 뒤로
종종 묶으며

가지런한 이빨을
뽀오얗게 드러내고

자신감 넘치게
환하게 웃는다

이빨이 들쑥날쑥한
나를 조롱하듯이

얄미워서 앞니를
하나 빼먹는다

앞니 빠진 갈갈지

장난기 발동해서
윗니 하나도

바보 멍청이 같네

이쁜 그녀도
별거 아니었다

제목 : 옥수수 여인
시낭송 : 박순애

스마트폰으로 QR 코드를 스캔하면
시낭송을 감상할 수 있습니다.

하늘 그물

올려다보는 하늘엔
오래된 관습처럼
먼 그리운 님의
넉넉한 푸름에
물들어 살고 있는
익숙한 우리가 있다

6층에서 보는 하늘은
너무 가까워서 편안한
옛 친구를 만난 듯하다

손바닥만 한 하늘 그물에
내 삶이 꽃처럼 삐져나와
멍하게 웃는다

한 조각의 미소에
모나고 못난 마음은
후우 날린다

휴우

잘난 척 뽐내던
해님도 잠들고
땀으로 먹고 사는
노역자들도 굽혔던
허리를 쭈욱 펴며
파김치가 된
육신을 도닥이며

휴우 오늘도
잘 견뎠구나 하는
안도의 한숨소리
여기저기서 들려온다

곱디고운 맨드라미도
지쳐서 눕고
보잘것없는 꼭두서니도
지쳐서 눕는다

비갠 후의 세상

샤워하고 나온 것 같은
세상의 맑음이 좋다

먼 산 숲속 나무들의
이파리 하나하나의
미세한 떨림까지도
투명하게 전해져 온다

키 작은 가로수
삼색 팬지들도 하늘거리며
기분 좋게 사색에 잠기고

맑은 사람이 된 듯한
기분 좋은 착각에
빠지게 하는 오늘이
무지 사랑스럽다

평범한 말

살아가다 보면
평범한 말들이
때로는 어떤 말보다
진한 감동을 줄 때가 있다

잘 지내니
별일 없지
흔하게 듣고
흔하게 하는 말인데
눈물 나도록 고마워
가슴이 뭉클해질 때가 있다

소박하고 평범한
배려나 온정이
남루한 우리 일상을
특별함으로 느껴지게 한다

삶의 애착

생각의 실타래가
엉망으로 꼬여갈 때
거리를 나서면
겨울빛 나무의
우는 소리 아프고

가로등 불빛들이
질긴 외로움을
나직하게 씹는다

아파트 불빛들이
하나 둘 켜지면
뚜벅뚜벅 길 잃은
숨결도 찾아든다

삶의 애착은
꺼진 심지도
타오르게 하려나

그런 쓸쓸한 날이 있습니다

아무리 아름다운 꽃을 봐도
낙엽 보듯 감흥이 없는
그런 쓸쓸한 날이 있습니다

세상의 그늘지고 습한 곳이라도
환하게 밝혀줄 것 같은
눈부신 햇살이 비춰주어도
자꾸만 어깨가 처지는
그런 쓸쓸한 날이 있습니다

유난히 커피 맛이 좋은 날
이유 없이 살맛이 나기도 하지만
같은 커피라도 맹물 맛이 나는
그런 쓸쓸한 날이 있습니다

출근길에 괜히 옆지기에게
쓸데없는 심술을 부려놓고
하루 종일 마음이 휑한
그런 쓸쓸한 날이 있습니다

꿈길을 걷는 시간

꿈길을 걷는 시간은
꽃잎에 날개를 달고
두루 평화롭다

꿈이 그대로
삶이 될 수는 없겠지
흐트러진 책들과
질서 없는 일상을 본다

평범한 시간 속에서
특별한 떨림을 바란다는 건
열어 볼 수 없는
마음 하나 품고
살아가는 일일 지도 모르겠다

얼마나 세월이 흘러야
마음껏 펼쳐볼 수 있을까

아침햇살

친근한 아침햇살이
방안 가득 찾아와
다정하게 흩어지며
잔잔하게 속살거린다

행복이 간지럼을 타며
내게로 스며들고
6층에서 보는 하늘은
너무 가까워서
언제나 막역한 사이 같은
착각을 하게 만든다

오랜만에 여유 있게
맞이하는 아침은
느슨하게 영혼을
풀어주어서 좋다

멜랑 콜리

바닥까지 내려앉은
회백색 하늘빛

11시 15분 전에
멈춰버린 초침

이런 날 어울릴 것 같은
클랑의 don't cry를 듣는다

평범하지 않은 독특한 음색이
들을수록 묘한 감성을 자극한다

카푸치노 한 잔이
생각나게 하는 음률

사람 목소리도
때로는 악기가 된다

누군가에게 위로받는 듯한
근사한 느낌이 좋다.

제 4부 / 추억의 물감

코끝에 꿀 같은

달콤한 단내가

너무 달콤해서

추억의 향기로

온몸을 헹군다

잠시라도 내게서

멈출 향기로 있어 주오

유년의 기억 같은

그대를 품을 수 있도록

시골집

무너져 버린 벽돌담
기와지붕 틈 사이로
비가 스며들어서
엉망이 되어버린 안방

빨래집게에 집혀 있는
빛바랜 영수증들
주인을 잃어버린
멈춰버린 시계
엄마의 손길이
남아 있는 장독대

아직도 엄마의 향기가
이렇게 느껴지는데
쓸쓸함과 그리움이
가슴을 먹먹하게 하는데
이제는 이곳도
수명을 다해서
마지막 작별을
고해야 하나 봅니다

우산

겨울비 빗장 문에
촉촉이 내려앉는
아침이 오면
문 앞에서 비를 맞고
서 있는 낯익은
그녀가 눈에 들어온다

우산을 나란히 쓰고
도란도란 웃음꽃 피우며
걸었던 등하굣길이
내겐 잊을 수 없는
좋은 추억 여행길인데

우산이 없어서
비 오는 날이면
얻어서 써야 하는
그녀에게는 배고픈
슬픈 기억이었다는 것을
그녀가 떠난 후에야
눈물로 알게 되었다

모순의 강

해가 뉘엿뉘엿할 때쯤
산속 깊은 곳에서
모락모락 장작 때는
연기가 피어난다

잊혀진 기억의 저편에서
모순의 강으로
정겨운 풍경들이
추억의 한자락으로
안일한 내 손끝에
잡힐듯 잡힐듯
빙빙 맴돈다

해거름에는 왜 이리
마음이 허전한 건지
나이 들수록 왜 이리
그리워지는 게 많은 건지

빛바랜 사진첩

빛바랜 사진첩을 보면서
함께 할 수 없는 얼굴들이
하나 두울 늘어감이
인생을 파리하게 합니다

금방이라도 옛 얼굴로
사진 속에서 툭
튀어나올 것 같은 마음인데
흘러 버린 세월은
빛바랜 사진이 말해 줍니다

나도 언젠가는 별처럼
사라져 버리겠지
누군가에겐 그리움으로
또 다른 아픈 꽃으로

가벼이 살겠다

우아한 자태로
나풀나풀거리는
갈바람 한자락에
사랑의 기억 하나
실어 보낸다

생각하는 이마에
주름이 접히고
그리운 만큼 멀찌감치에서
바라보아야만 오래도록
그리워할 수가 있으려나

그리움 먹고
살 수만 있다면
풀잎의 어깨라도 기대며
풀꽃처럼 피고 지고
한 세상 가벼이 살겠다

먼 그리움

살아내기 위해
잊어야 했던 기억들
그리워 못 견딜
애타는 밤이면

담벼락 아래서
꼬깃꼬깃한 그리움
하나 불쑥
튀어나온다

목이 긴 슬픔을
꽃으로 피워낸
상사화 지는 날이면
가슴으로 운다

추억의 향기

높새바람이 아카시아
꽃잎을 흔든다

작은 언덕배기에
그리운 옛친구
금이 같은 얼굴로
말갛게 인사를 건네면

코끝에 꿀 같은
달큰한 단내가
너무 달콤해서
추억의 향기로
온몸을 헹군다

잠시라도 내게서
멈춘 향기로 있어 주오
유년의 기억 같은
그대를 품을 수 있도록

미련

엄동설한에도 꽃이
피기도 하고
지기도 한다는 걸
삶이 보여준다

보내기 싫은
뒷모습 하나
자글자글 주름지도록
놓지 못하는 것도
등 터진 미련이라고

아파트 모서리에
비스듬히 부서지는
오후 햇살의 은유 속에서
운명의 여신이
자박자박 기억을 나눈다

목이 부러진 선풍기

날개가 돌 때마다
덜거덕덜거덕

목이 부러져
철사로 목을 칭칭 감고도
돌아야 하는 선풍기가
너무 안쓰러웠습니다

늘 어머니의 사랑을 독차지하며
함께 동침하는 특혜가
부럽기도 했습니다

어느 날 주인 잃은 선풍기가
너무 슬퍼 보였습니다

여전히 덜거덕 거리면서
돌아가고 있는데... .

제목 : 목이 부러진 선풍기
시낭송 : 김지원
스마트폰으로 QR 코드를 스캔하면
시낭송을 감상할 수 있습니다.

그리운 옛 시간

삶의 모서리에
마음 한 뚝이 무너지고
체념 섞인 멍한 눈으로
허전한 밤바람을 만난다

아득한 한 뼘의 어둠은
자잘한 기억 속의
그리운 옛 시간에 선다

옛사랑의 꽃향기에도
베일 가슴이 남아 있는가

억겁의 연으로
뚝뚝 힘없이 진다
꽃향기마저 잃는다

삶이 서러운 날엔
첫 마음으로 다시 피어난다

벙어리장갑

유년의 자작나무 숲에서부터
이팝나무 가로수 사이로
추억의 파편 같은 눈이 훨훨 내린다

어머니가 떠주신
끈 달린 벙어리장갑이
눈 속에서 눈을 맞고
둥둥 떠 있다

그때는 벙어리장갑이
무지 싫었었는데
지금은 그 장갑이
사무치게 그립다

시간을 돌릴 수만 있다면
얼마나 좋을까

사랑은

사랑은 사랑한다고
말하고 나면

이미 사랑이
아닐지도 모릅니다

목젖까지 치밀어 오르는
그리움으로 토할 것 같아도

가슴 문고리를
밤새 잡았다 놨다

손가락에 빨간
물집이 생기더라도

그저 멀리서
바라보기만 해도

서러운 게 사랑입니다
보고픔입니다

둘째 딸

부유하지 않은 집의
어중간한 둘째 딸로
태어난 건 축복받은 일은
아닐지도 모른다

덩치 큰 언니가 입던 교복을
물려 입어야 하는 설움도
감내해야 했고

헌 옷과 낡은 책들이
익숙한 인생을 살아야 했으니
아무리 착한 동생이라도
시기심이 안 생겨난다면
이상한 게 아닐까

정말 다리 밑에서
주워온 건 아닐까

어처구니 없는 상상도
많이 하며 살았다

열 손가락 깨물어
안 아픈 손가락 없다는
유언 같은 말씀이
이렇게 가슴 저미게 될지
누가 알았을까

유년의 낙서

네모난 책상 중앙에
그어진 선명한 금 한 줄

절대로 넘어오지 말라고
짝꿍에게 엄포를 놓는다

싸운 것도 아닌데
수줍음 때문이었을까

지우개가 없어서
안절부절 못 하는데
툭 던지는 옆 짝꿍
고마워서 말없이
씨익 웃어준다

그것 뿐이었는데
누구랑 누구는 좋아한다고
화장실 벽에 커다랗게 써진 낙서

창피하고 부끄러워서
지우려고 몇 날 며칠을
걸레로 문질러 댔었다

그날의 일들이 이렇게
아름답게 기억될 줄 누가 알았을까

풋사과의 추억

풋사과 아오리를 보면
단발머리 여중 시절이
아련히 떠오른다

학교 담장 너머에
풋풋한 사과나무들이
즐비하게 줄지어
유혹의 손길을
기다리고 있었다

쉬는 시간에
창밖을 보면
탐스럽게 영글어
미소짓는 풋사과가
너무나 이뻤다

호기심 많은 소녀들이
몰래 월담을 해서
사과 서리를 했다

손으로 반씩 쪼개어
나누어 먹은 풋사과는
풋내나는 우리만큼이나
신선하고 상큼했다

벌칙으로 화장실 청소를 하면서도
소녀들은 행복했었다

그해 6월 6일

태백에서 고향 울진으로
이사가던 날

울퉁불퉁한 길을 가는
덜컹거리는 버스 안에서
눈만 말똥말똥한
세 아이들을 바라보다
먼 산을 올려다보며
한숨을 쉬시던 어머니

창밖에 흐드러지게 핀
계란후라이를 닮은
개망초가 너무 이뻐서
쪽빛 바다의 비릿한 내음이
특별해서 설레기만 했던
철없던 소녀

이해할 수 없었던
어머니의 한숨의 의미를
지금에서야 알 것 같네요

제 5부 / 세월의 흔적

비우고 또 비우는 게
채우는 일이라는 걸
이제는 알 것 같아요

낮추고 낮추어야
높아지는 일이라는 걸
이제는 알 것 같아요

절망

손가락 마디만큼
남겨진 소슬한 삶

쓸쓸히 시들어가는
운명 같은 세월이여

등 굽은 생의 언저리는
생을 송두리째
포기하고 싶을 만큼
치명적으로 고단하여라

삶

남루하지 않게
속물스럽지 않게

진실의 시력은
언제나 짱짱함을
담담하게 믿는다

가끔은 울타리 안 보다
울타리 밖이 더 따스함을

번뇌의 무게마저
혀를 데는 기쁨임을
삶을 추스리며 느낀다

나이테가 늘어갈수록

나이테가 늘어갈수록
신뢰하는 마음의 층도
함께 높아가면 좋겠다

욕망의 두께가
연륜의 흔적으로
얇아가더라도 끄덕이며
수용할 수 있도록

누구나 다 그렇게
살아가는 거라고

라르고

라르고로 한 템포씩
걸어가는 하루는
이유 없이 맑다

가슴속까지 녹아들지 못하고
귓가에 부서지는
소음 같은 음률이라도
리듬을 타게 만든다면
감동이라고 말해도
좋을 것 같다 오늘은

책방에서 빌려온 소설책을
밤늦도록 읽을 수 있는
여유로움이 지금은 좋다

내가 만든 내 자리는
언제나 그 자리는
아닐지도 모른다

어디라도 빛날 수 있다면
좋을 것 같다

사노라면

사노라면 마음이
허공에 매달려
바람의 노예가 되는
그런 날도 있다

언제나 행복하기만을
바라는 건 욕심이겠지

절대로 받아들일 수
없는 것에도 어느 순간은
녹아들 수 있는 게
뜨거운 심장인 것이다

온 세상이 하얗게
순백의 정결한
마음이 되어
깡충거릴 때에도

어느 가슴은
순백의 아픔이 되어
무너지기도 하는 것이다

결국 나 자신

안개가 온 세상을
삼켜버렸나 봅니다

안갯속을 맨발로
거닙니다 꿈속인 양

흐릿한 기억 속을
헛도는 건 바람만이
아니였나 봅니다

심장을 뛰게 하는 건
사랑 만이 아닌가 봅니다

몰랐던 새로운
감정의 혼돈과 마주할 때
살아간다는 건 허허롭지만은
않음을 감사할 뿐입니다

내 삶을 흔들 수 있는 건
결국 나 자신입니다

제목 : 결국 나 자신
시낭송 : 박태임
스마트폰으로 QR 코드를 스캔하면
시낭송을 감상할 수 있습니다.

이제는 알 것 같아요

비우고 또 비우는 게
채우는 일이라는 걸
이제는 알 것 같아요

낮추고 낮추어야
높아지는 일이라는 걸
이제는 알 것 같아요

베풀면 베풀수록
넉넉해지는 일이라는 걸
이제는 알 것 같아요

먼저 용서하는 일이
먼저 용서받는 일보다
아름다운 일이라는 걸
이제는 알 것 같아요

사랑을 하는 일이
사랑을 받는 일보다
가치 있는 일이라는 걸
이제는 알 것 같아요

말줄임표의 여운

햇살이 뿌린
황금빛 온기에
무거운 맘을 널고
햇살인 양 한다

촘촘히 스며오는
익숙한 맥박소리에
원초적 아픔이
떠돌다 지나간다

느린 시간 속을
비집고 쌓여가는
거침없는 상실감은
차분히 세상을
관조하게 만든다

가끔은 말줄임표의
여운이 좋다

다행입니다

빈손이어서
고민이 아니라
다행입니다

무엇이든 잡을 수 있고
무엇이든 느낄 수 있으니

빈 마음 이어서
고민이 아니라
다행입니다

어떤 빛깔로도
채색할 수가 있고

세상의 눌린 마음과
아프고 모난 마음까지
담을 수 있음이
감사할 뿐입니다

아름다운 깊이

순수한 설렘과
거침없는 떨림이
빛나는 한 송이 꽃으로
환하게 웃게 만들고
기쁨의 우물로 이끕니다

해맑게 우물 속을
그윽하게 들여다봅니다

두레박으로 무엇을
들어 올리게 될까

아름다운 깊이로
다가설 풍경들이
내 삶을 겸허한 들판으로
이끌어 주기를

잔잔하게 너울대며
누군가에게 사람다움의
친숙한 온기로 전해주기를

진심이 통할 때

진심이 통할 때
초록숲의 나라에
서 있는 기분입니다

깊이깊이 친근한
푸르름에 잠겨 드는
다정한 연한 고움에
끄덕이며 초연해집니다

살다 보면 이렇게
잘 살아가고 있구나 하는 느낌에
심장이 따뜻해집니다.
어깨도 으쓱해 봅니다

인생은 정갈한 마음으로
살아야 하나 봅니다

부끄럽다

자유롭고 평화로운
세상에 살면서
감사를 모르고
당연하다는 듯이
살아가고 있는
나 자신이 부끄럽다

원하면 무엇이든
꿈꿀 수 있는
세상에 살면서
안일하고 나태하게
살아가고 있는
나 자신이 부끄럽다

이제 깨어나기에는
너무 늦었다고
나이 탓만 하는 나 자신이
너무 부끄럽다

삽상한 바람은

삽상한 바람은
날 보고 숲이 되라고
흔들어 놓는다

나뭇가지 끝에
애처롭게 피는
초록 이파리 하나에
불과한 나를

윤슬로 찾아온
햇살은 날 보고
꽃밭의 요정이 되라고
빛으로 혼미케 한다

연분홍꽃 잎사귀 하나에
불과한 나를

또 하루가

햇살이 사라진
거리에서 또 하루가
힘없이 진다

현기증을 일으키며
초췌한 얼굴로
허공을 맴돈다

발목까지 흥건하게
고이는 피로가
수은등 불빛에
산산이 부서진다

떠도는 바람 따라
심란한 근심 하나
맴돌다 떠나간다

정수리에서 툭툭
터지는 아픈 꽃도
피면 아름다울까

생각 속의 생각

생각 속의 생각은
뇌를 지배하고
나를 통제합니다

자유롭고 싶다고
편해지고 싶다고

꿈틀거리면 거릴수록
생각 속의 거미줄에 걸려서
버둥거리는 겉껍데기는
투박해지고 볼품없어집니다

차라리 멈춰 있을 때
더 자유로워진다는 걸
비로소 깨닫습니다

그러나 남들에게 인정받고
남들에게 지지 받는 건
생각 속의 생각 때문이라는 걸
슬프게 인정합니다

영혼의 뒤켠

비울수록 채워지는 건
삶의 무게들인가

버릴수록 쌓이는 건
지친 시간들인가

기억을 헤집고
영혼의 뒤켠으로
가물거리며 감겨오는
아편 같은 그리움은

달빛 받으며 피어나는
하늘타리꽃 되어
내 생을 넘나드는
차가운 향기인가

어디로 갔을까

어제 빨았던 하트 양말이
어디로 갔을까

건조대에 널어주기를 바라며
꼬깃꼬깃해져 있는 너를
세탁기 안에서 발견한다

출근길에 1층까지 내려와서야
탁자 위에 둔 핸드폰을 기억하곤
다시 6층을 누르며
폐지된 기억들을 아쉬워한다

이렇게 하나씩 놓치며
놓친 만큼 편해져 가는 나를 본다

너무 늦었습니다

삶의 여유가 생기면
따스한 밥 한 끼라도
융숭히 대접하려고 했는데

마음의 여유가 생기면
사랑한다고
감사드린다고
표현하려고 아껴두었는데

이제는 그럴 수가 없습니다
너무 늦었습니다

마음을 말로 전하지 않더라도
그냥 알 수 있을 거라고
한 번도 전하지 못했던
속마음이 너무 아픕니다

지금이 좋다

백설부 시집

초판 1쇄 : 2018년 10월 25일

지 은 이 : 백설부

펴 낸 이 : 김락호

디자인 편집 : 이은희

기 획 : 시사랑음악사랑

인 쇄 : 청룡

연 락 처 : 1899-1341

홈페이지 주소 : www.poemmusic.net

E-Mail : poemarts@hanmail.net

정가 : 10,000원

ISBN : 979-11-6284-069-6